EL CAPITÁN CALZONCILLOS Y LA FEROZ BATALLA CONTRA EL NIÑO MOCOBIÓNICO 1a PARTE: LA NOCHE DE LOS MOCOS VIVIENTES

La sexta novela épica de

DAV PILKEY

SCHOLASTIC INC.
New York   Toronto   London   Auckland   Sydney
Mexico City   New Delhi   Hong Kong   Buenos Aires

Originally published in English as *Captain Underpants and the Big, Bad Battle
of the Bionic Booger Boy, Part 1: The Night of the Nasty Nostril Nuggets*

Translated by Miguel Azaola.

This book was originally published in hardcover by the Blue Sky Press in 2003.

ISBN 0-439-66204-4

Copyright © 2003 by Dav Pilkey
Translation copyright © 2004 by Ediciones SM,
Impresores, 15 – Urb. Prado del Espino
28660 Madrid, Spain

Be sure to check out Dav Pilkey's Extra-Crunchy Web Site O' Fun at
www.pilkey.com

12 11 10 9 8 7 6 5   8 9/0

Printed in the United States of America   40

First Scholastic Spanish printing, September 2004

A AMY Y JODI

ÍNDICE

Jorge y Berto tienen el horgullo de presentar

LA Horrible Verdad Sobre EL CAPiTÁN CALZONCILLOS

Una Producción de Cuentos Casaenrama

Había una bez
dos niños estupendos
que se llamaban
Jorge y Berto.

¡Somos nosotros!

Yo también.

Tenían un
direktor hodioso
que se llamaba
señor Carrasquilla.

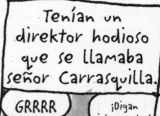

GRRRR

¡Digan jobenzuelos!

Bla Bla Bla

Una bez el señor
Carrasquilla castigó
a Jorge y Berto.

Tienen que
obedecer
mis hórdenes

Así que conpraron
un Ipno-Anillo
Tridimensional y lo
inotizaron.

¡De eso nada!
Ahora nos
obedece usté

Bueno.

Le hicieron crer que era un Superhéroe.

Ahora eres el Capitán Calzoncillos

Sí mi amo.

Se suponía que era una broma.

Tatata-Cháááán

Ja Ja ja

...pero se animó más de la cuenta.

Me voy a combatir el crimen.

ventana →

...¡¡¡Mucho más de la cuenta!!!

¡Oiga vuelva aquí, majadero!

Tatata-Cháááán

Un día lo atacó
un floripondio
feroz.

Así que Jorge
robó Jugo con
Superpoderes
de un OVNI.

Y se lo dio.

Y de pronto tuvo
superpoderes.

Ahora, cada vez que el señor Carrasquilla oye que alguien chasca los dedos...

Chasc

...¡se convierte en ya saben quién!

¡Tatata-Cháááán!

Oh no

Otra vez

Y la única forma de detenerlo es echarle agua en la cabeza.

H2O

¿Pero qué...?

Entonces vuelve a combertirse en el señor Carrasquilla.

¿De quién ha sido la idea, jóvenes?

De modo que, pase lo que pase, no se les ocurra chascar los dedos cerca del señor Carrasquilla, ¿eh?

FIN

CAPÍTULO 1
JORGE Y BERTO

Estos son Jorge Betanzos y Berto Henares.
Jorge es el chico de la izquierda, con corbata
y pelo al cepillo. Berto es el de la derecha,
con camiseta y un corte de pelo demencial.
Recuérdenlos bien.

SE RUEGA LAVARSE
BIEN LAS MANOS
TRAS USAR
EL INODORO

Las notas escolares de Jorge y Berto son
iguales que Jorge y Berto: absolutamente
impresentables.

En cambio, Gustavo Lumbreras (que es ese chico de abajo, con lentes y corbata de pajarita) siempre sacaba las mejores calificaciones en todo.

Como Gustavo sacaba las mejores calificaciones, todo el mundo pensaba que era mucho más listo que Jorge y Berto.

Pero eso no era verdad.

En realidad, Jorge y Berto son tan listos como cualquier alumno sobresaliente... pero de una forma distinta que no puede medirse con exámenes ni cuestionarios.

Quizá Jorge y Berto no tengan buena ortografía ni se acuerden de la tabla de multiplicar. Quizá su gramática tampoco sea muy buena, pero cuando se trata de salvar al planeta entero de las implacables y perversas fuerzas del mal, no hay nadie mejor que Jorge Betanzos y Berto Henares.

Menos mal que Jorge y Berto son lo bastante listos como para salir de los líos en que se meten, porque su insensatez les crea problemas continuamente. De hecho, una vez se metieron en un lío realmente *DE NARICES*.

Pero antes de contarles esa historia, les tengo que contar *esta* otra...

CAPÍTULO 2
ESTRUJILLOS, 1ª PARTE

Era la semana de las Pruebas de Demostración Oral y Práctica en la clase de la señora Pichote. Cada alumno tenía que subir al estrado y explicar y demostrar cómo hacer una cosa cualquiera. Los primeros en salir fueron Espartaco Miramón y Dioni Cuadrillero, que demostraron cómo hablar de algo de lo que no tenían la menor idea.
Sacaron un Cero Absoluto.

Las siguientes fueron Genoveva Mullido y Feliciana Socarrat, que demostraron cómo se recalienta la lasaña congelada en un tostador de pan.

Cuando se fueron los bomberos, les llegó el turno a Jorge y Berto. Berto pegó con cuidado en la pared una serie de gráficos y esquemas, mientras Jorge traía un cubo de basura con un asiento de inodoro encima.

ESTRUJILLOS

① kechup ② kechup ↑ ③

CORTE TRAVERSAL

asiento →

Tope o algo

← kechup

← Taza

BISTA LATE

—Señoras y señores —dijo Jorge—, hoy vamos a demostrar cómo se hace un "Estrujillo". Primero, necesitamos dos bolsitas de ketchup y un asiento de inodoro.

—Luego —dijo Berto señalando el cartel explicativo—, hay que doblar por la mitad las bolsitas de ketchup y colocarlas con cuidado bajo el asiento de inodoro. Asegúrense de que las bolsas estén justo debajo de los topes que hay pegados al asiento.

—Y ahora, una vez que las bolsitas de
ketchup están en su sitio —siguió Berto—,
lo único que hay que hacer es esperar a que
alguien quiera sentarse en el inodoro. ¿Algún
voluntario?

—Vamos —dijo Jorge—. ¿Quién quiere
un Estrujillo?

Nadie de la clase quería sentarse en el inodoro, pero todos querían ver qué pasaba si alguien LO HACÍA. De modo que Jorge agarró el asiento de inodoro por un lado, Berto lo agarró por el otro, y lo dejaron caer los dos a la vez.

¡¡¡CHAF!!! ¡¡¡CHAF!!!

CHAF

Toda la clase se quedó entusiasmada
(excepto dos niños que estaban sentados
justo frente al asiento de inodoro que no se
entusiasmaron para nada).

—¡Vivan los Estrujillos! —gritaron los
niños.

Lo normal hubiera sido que la señora
Pichote, maestra de Jorge y Berto, se hubiera
enojado mucho con semejante demostración.

Hubiera despotricado sin parar por "el comportamiento nada ejemplar" y por lo feo que es rociar con ketchup la ropa interior de las personas. Pero la señora Pichote había cambiado un montón desde el libro anterior y ahora lo único que quería era... ¡DIVERTIRSE!

—¡Vamos, chicos! —chilló la señora Pichote—. ¡Vamos todos al comedor a buscar bolsitas de ketchup! ¡¡¡ Estrujillos para TODOS!!!

—¡HURRA! —gritaron los niños saltando de sus sillas y dirigiéndose en tropel a la puerta de la clase.

—¡NO TAN DEPRISA! —aulló Gustavo
Lumbreras desafiante, bloqueando la puerta
con los brazos extendidos—. ¿Pero cómo
pueden ser todos *tan* inmaduros?

CAPÍTULO 3
EL COMBINOTRÓN 2000

Gustavo Lumbreras, el cerebrito de la escuela, no estaba dispuesto a permitir que alguien abandonara el salón de clases antes de que él hiciera su demostración.

—Todavía faltan quince minutos para la hora de comer —dijo Gustavo— y ese tiempo me bastará para hacerles una demostración de mi nuevo invento: el Combinotrón 2000.

—¡Oh, nooooooo! —gimieron sus compañeros.

Todos se derrumbaron sobre sus asientos mientras Gustavo tiraba de un carrito de plástico con ruedas y lo colocaba frente a la clase. Sobre el carrito había un hámster, un pequeño robot (construido por el propio Gustavo) y un extraño armatoste en forma de un gran cono de helado.

—Hoy —dijo Gustavo—, demostraré cómo convertir un simple hámster en un ciber-esclavo biónico.

Gustavo puso a su hámster Chuli en un extremo del carrito y a su pequeño robot de fabricación casera en el extremo opuesto.

—Ahora combinaré este simple hámster con este pequeño robot por medio del Combinotrón 2000.

Gustavo se acercó al Combinotrón 2000 y lo puso en marcha. Un sonido agudo perforó el espacio del salón de clases y fue aumentando de frecuencia a medida que la máquina se cargaba hasta la máxima potencia. Mientras su extractor de láser se iba calentando, Gustavo hizo unos últimos cálculos en el teclado lateral del Combinotrón 2000.

De pronto, dos rayos se proyectaron
sobre Chuli y el robot. El Combinotrón 2000
comenzó a asimilar información sobre los
dos elementos que se disponía a combinar.

—No se preocupen, chicos —dijo
Gustavo—. Chuli no va a sentir nada.

Por último, empezó la cuenta atrás:

—Combinando dos elementos dentro de cinco segundos.

Combinando dos elementos dentro de cuatro segundos.

Combinando dos elementos dentro de tres segundos.

Combinando dos elementos dentro de dos segundos.

Combinando dos elementos dentro de un segundo.

¡CHASSSSS!

Del Combinotrón 2000 brotó un estallido de luz blanca y brillante que formó una bola de energía entre Chuli y el robotito. El hámster y el robot empezaron a deslizarse el uno hacia el otro hasta que al fin desaparecieron dentro de la bola de energía.

El aire se llenó de un olor a escabeche y cerillos quemados mientras unas violentas ráfagas de aire caliente desparramaban papeles y tiraban al suelo los libros de las estanterías. Súbitamente, con un destello de luz cegadora y una breve nubecilla de humo, la demostración terminó.

Gustavo se quitó las gafas protectoras. El hámster y el robot eran ahora un solo elemento combinado a nivel celular. Se habían convertido en el primer cyborg biónico, autónomo, de sangre caliente y peludo de la historia.

—¡EUREKA! —gritó Gustavo—. ¡FUNCIONÓ! He creado una forma cibernética viva.

Todos vieron cómo Gustavo pasaba un detector de metales sobre el hámster y la aguja se pasaba del dial. Uno de los chicos levantó la mano para preguntar.

—¿Sí? —dijo Gustavo entusiasmado.

—¿Ya podemos ir al comedor a buscar las bolsitas de ketchup?

—¡Claro que NO! —gritó Gustavo—. ¿¡¡¿No pueden olvidarse de los Estrujillos por UN MINUTO?!!? ¡Acabo de crear el primer hámster cibernético de la historia y, hasta que yo no haya demostrado su sumisión absoluta, nadie saldrá de esta habitación!

CAPÍTULO 4
CHULI MALO

Chuli parecía ignorar que acababa de sufrir una transformación revolucionaria. Ni se inmutó. Se limitó a pasearse por el carrito de plástico husmeándolo todo y deteniéndose de vez en cuando para rascarse las orejas o alisarse los bigotes. Pero al pobre le esperaba una gran sorpresa.

—Chuli —dijo Gustavo—, soy tu amo y vas a obedecer mis órdenes. Quiero que demuestres a la clase tus nuevos poderes. Da ahora mismo un salto superbiónico hasta el otro lado del salón de clases.

Chuli ni se inmutó.

SNIFF SNIFF

—¡Chuli! —gritó Gustavo—. ¡Tritura con tus zarpas ese carrito de plástico!

Chuli no se movió.

—¡CHULI! —aulló Gustavo—. ¡Sal afuera y lanza un auto al estacionamiento!

Chuli siguió sin moverse.

Por último, Gustavo rebuscó en su mochila y sacó una paleta roja de ping-pong que había diseñado para esta ocasión.

—Chuli —dijo furioso—, ¡haz lo que te he dicho o te vas a llevar una buena paliza!

35

Esta vez, Chuli sí se
movió. Cuando vio la paleta de ping-pong,
se asustó muchísimo y sus instintos
hamsteriles se apoderaron de él. Saltó en
el aire, agarró la paleta con su zarpa derecha
y con la izquierda, lanzó a Gustavo sobre el
carrito de plástico.

Los niños dejaron por fin de pensar en
inodoros y bolsitas de ketchup y se dis-
pusieron a contemplar el espectáculo.

CAPÍTULO 5

CAPÍTULO DE INCREÍBLE VIOLENCIA GRÁFICA, 1ª PARTE (EN FLIPORAMA™)

ADVERTENCIA:

Este capítulo contiene descripciones gráficas de un hámster biónico azotando a un niño antipático. Aunque se presenta con fines humorísticos, los creadores de este libro reconocen que las agresiones de hámsteres no son para reírse. Si usted o una persona amada ha sido víctima de la agresión de un hámster, le recomendamos que recurra a la ayuda de un grupo local de apoyo o que visite la página web www.whenhamstersattack.com

RAMA
MARCA PILKEY®

¡ASÍ ES CÓMO FUNCIONA!

PASO 1
Colocar la mano *izquierda* dentro de las líneas de puntos donde dice "AQUÍ MANO IZQUIERDA". Sujetar el libro *abierto del todo*.

PASO 2
Sujetar la página de la *derecha* entre el pulgar y el índice derechos (dentro de las líneas que dicen "AQUÍ PULGAR DERECHO").

PASO 3
Ahora agitar *rápidamente* la página de la derecha de un lado a otro hasta que parezca que la imagen está *animada*.

(¡Diversión asegurada con la incorporación de efectos sonoros personalizados!)

FLIPORAMA 1

(páginas 41 y 43)

Acuérdense de agitar *sólo* la página 41.
Mientras lo hacen, asegúrense de que
pueden ver la ilustración de la página 41
y la de la página 43.
Si lo hacen deprisa, las dos imágenes
empezarán a parecer *una sola*
imagen *animada*.

¡No se olviden de añadir sus propios
efectos sonoros especiales!

AQUÍ MANO IZQUIERDA

PALO EN LAS
POSADERAS
PARA LUMBRERAS

CAPÍTULO 6
LOS RESULTADOS

A pesar de que, en realidad, Chuli no le había pegado muy fuerte, Gustavo gimió y lloriqueó a lágrima viva.

—¡Eres un hámster MALO! —chilló Gustavo—. ¡No quiero volver a verte en toda mi vida!

Gustavo salió corriendo y sollozando del salón de clases. El resto de la clase, incluída la señora Pichote, lo siguió, riendo y gritando a coro "¡Es-tru-jillos, Es-tru-jillos, Es-tru-jillos!", pero Jorge y Berto se quedaron para consolar al hámster abandonado.

—No te pongas triste, Chuli —dijo Jorge—. ¡Gustavo es realmente insoportable!

—Desde luego —dijo Berto—. ¿Quieres venir con nosotros? Puedes vivir en nuestra casa del árbol.

Chuli saltó al hombro de Berto y le lamió la cara. Luego saltó al hombro de Jorge y también le lamió la cara.

—Creo que acabamos de adoptar un hámster biónico —dijo Berto.

Entonces Jorge metió al nuevo amigo en el bolsillo de la camisa y los tres amigos se fueron a almorzar.

CAPÍTULO 7
EL SEÑOR CARRASQUILLA

A la misma hora, el señor Carrasquilla, director de la escuela, irrumpió en su despacho de muy mal humor y le gritó a la señorita Carníbal Antipárrez:

—¡Carníbal! ¿Dónde está mi café?

—¡Hágaselo usted mismo, barrigón! —dijo la señorita Antipárrez.

—¡No me interesan sus piropos, señorita! —bramó el señor Carrasquilla—. ¡Sólo quiero mi café, y lo quiero YA!

—¡Muy bien, entonces sírvame una tacita a mí también cuando se lo haga! —dijo la señorita Antipárrez, devolviéndole el bramido.

—¡Grrrraaajjj! —rugió frustrado el señor Carrasquilla, al tiempo que se apoderaba del periódico y se dirigía hacia los sanitarios de maestros. La señora Pichote estaba junto a la puerta de los sanitarios, sonriente y haciendo grandes esfuerzos para contener la risa.

—Y usted, ¿qué mira? —gruñó el señor
Carrasquilla pasando como una tromba junto
a la señora Pichote y dando un portazo.

Desde los sanitarios se filtró el sonido de
una hebilla de cinturón al desabrocharse, de
una cremallera que se abría, de ropa que se
deslizaba y por fin...

¡¡¡CHAF!!! ¡¡¡CHAF!!!

—¿PERO QUÉ...? —aulló el señor
Carrasquilla desde los sanitarios—. ¡¡¡MI
ROPA INTERIOR ESTÁ LLENA DE
KETCHUP!!!

SANITARIOS DE
MAESTROS

Unos instantes después, la puerta de los
sanitarios de maestros se abrió de golpe.

—¡Jorge y Berto la van a pagar por esto!
—rugió el señor Carrasquilla.

—No fueron ellos —se rió la señora
Pichote—. ¡Fui yo! Se llama un *Estrujillo*.
¡Está muy de moda!

—¡Sí! ¡Muy bien, muy gracioso! —dijo el
señor Carrasquilla—. A ver, ¿dónde están esos
dos individuos? ¡Sé MUY BIEN que ellos son
los culpables!

Mientras el señor Carrasquilla se dirigía al comedor, se dio cuenta de que él no había sido la única víctima de los temibles Estrujillos. El vestíbulo estaba lleno de alumnos de primero, segundo, tercero, quinto y sexto grados quejándose amargamente de manchas de ketchup en sus pantalones, calcetines, piernas y ropa interior. El señor Carrasquilla entró hecho una furia en el comedor y se fue directo a la mesa de los de cuarto grado.

—¡Jorge y Berto! —bramó el señor
Carrasquilla—. ¡Mi ropa interior está llena de
ketchup por su culpa! ¡Y a la mitad de los
niños de esta escuela les ocurre lo mismo!

—No fuimos nosotros —dijo Berto.

—Es verdad —dijeron unos cuantos
alumnos de cuarto—. Jorge y Berto son
inocentes.

—¡MENTIRA! —dijo Gustavo Lumbreras desde el otro extremo de la mesa. Además de ser el cerebrito de la escuela, era famoso por ser el mayor acusón del establecimiento—. Jorge y Berto nos han enseñado a poner bolsitas de ketchup debajo de un asiento de inodoro para rociar las piernas de la gente.

—Gracias, Gustavo —dijo el señor Carrasquilla. Y volviéndose hacia Jorge y Berto y señalando la puerta del comedor aulló—: Betanzos y Henares: ¡FUERA!

CAPÍTULO 8

UNA TIRA CÓMICA: LA VENGANZA PERFECTA PARA EL ACUSÓN

Jorge y Berto fueron derechitos a la sala de detención.

—Qué asco —dijo Berto—. Hay que ver lo acusón que es Gustavo. Alguien debería darle una lección.

—¡Pues nos la va a pagar! —dijo Jorge.

Y así fue como Jorge y Berto crearon una tira cómica totalmente nueva en la que el protagonista era el acreditado y redomado acusón conocido como Gustavo Lumbreras. Cuando terminaron, los dos chicos se escabulleron de la sala de detención, fotocopiaron un montón de ejemplares de su última obra y se pusieron a venderlos por los pasillos.

La nueva tira cómica le encantó a todo el mundo. Bueno, a todo el mundo menos a Gustavo Lumbreras. Gustavo vio que en el pasillo había grupillos de alumnos que leían tiras cómicas y se reían. Lo normal era que corriera a la oficina del director y acusara a todos de leer sin permiso (algo que estaba terminantemente prohibido). Pero ese día notó algo extraño. ¡Los que leían esas tiras cómicas lo señalaban con el dedo y se reían de... ÉL!

—¿Qué? —dijo Gustavo—. ¿Qué pasa? ¿Se puede saber de qué se ríen?—. La mirada desesperada de Gustavo recorrió todo el pasillo. Todos se reían... Todos lo señalaban... Eso se le hizo intolerable. Se acercó a un grupo de niños de segundo grado, les arrebató la tira cómica y echó un vistazo a la portada. ¡Se puso FURIBUNDO!

—¿¿¿PERO CÓMO PUEDEN SER TODOS *TAN* INMADUROS??? —chilló Gustavo. Y se marchó a toda prisa para leer la tira cómica con tranquilidad, pero a donde iba, era recibido con más risas y más dedos apuntándolo. Por fin, se le ocurrió el único sitio en que podría leer en privado. Entró en los sanitarios de los chicos, se encerró con pestillo en uno de los cubículos y se sentó.

¡¡¡CHAF!!! ¡¡¡CHAF!!!

A medida que leía allí sentado, con las
piernas chorreando ketchup, la furia de
Gustavo fue creciendo, creciendo...

—¡Jorge y Berto se van a acordar de esto!
—prometió.

CAPÍTULO 9

EL CAPITÁN CALZONCILLOS Y LA TERRORÍFICA HISTORIA DEL SUPERACUSÓN 2000

Por Jorge BETANZOS y BERTO HENARES

EL CAPITÁN CALZONCILLOS Y LA TERRORÍFICA HISTORIA DEL SUPERACUSÓN 2000

Por Jorge Betanzos y Berto Henares

Había una bez un niño tonto que se llamaba Gustabo Lumbreras y que era un acusón terrible.

Te acusaré

NO PISAR LA HIERBA

Donde iba, no hacía más que fastidiar.

Te acusaré

SE PROÍBE PATINAR

Hasta que un día...

Te acusaré

BANCO

$

¿CRASH

Digan polis, ese tipo acaba de atracar el banco.

Vaya. Gracias chico.

Está usté detenido.

¡Oye, chico, has resuelto el crimen del siglo!

PRENSA

Y así...

EL NOTICIERO

El niño tonto es un héroe

¡¡¡Gustabo es un hídolo!!!

Gustabo se izo tan famoso que desidió presentarse para alkalde.

Gustabo alcalde

Boten por Gustabo

Te acusaré

CON-FETI

Gustabo alkalde

Mi héroe

BOTEN POR EL EROE

Consiguió una bictoria arrolladora

EL NOTICIERO

El niño tonto es el nuevo alkalde

¡¡¡Felisidades!!! ¡Uste es el alkalde más joven de la istoria!

¡Sí, y voy hacer GRANDES cambios!

ALKALDE

Muy pronto el alkalde Gustabo publicó una pila de decretos apsurdos.

- No tararear
- No sonreír
- No hablar
- No leer los letreros
- No elasti-collejas
- No oler a pies
- No amar la naturaleza
- No eructar
- No pararse a oler las rosas

Y empezaron a detener gente a troche y moche.

¡Está uste detenido!

¡Pero si no e hecho nada!

¡Cayó!

No decir "pero si no e hecho nada"

Y al final todos fueron a parar a la cársel

CÁRSEL DE OMBRES

CÁRSEL DE SEÑORAS

CÁRSEL DE NIÑOS

CÁRSEL DE BEBÉS

CÁRSEL DE PERROS

CÁRSEL DE GATOS

CÁRSEL DE RANAS

JA JA

Derepente...

¡Alkalde Gustabo, todas las cárseles están llenas!

Hmm

ALKALDE

¡Construiré una Robocársel y yo mismo detendré a todos esos criminales!

Así que construyó el Superacusón 2000

Clonk clonk

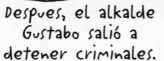

Despues, el alkalde Gustabo salió a detener criminales.

No ancianitas

¡Así aprenderás!

Luego se dirijió acia la esquela.

¡Socorro, el Superacusón 2000 acaba de atrabesar el campo de fútbol y ha apachurrado al profe de ginasia!

¡Horror! ¡Con la yerba recién sembrada!

Direktor

Esto parece un trabajo para...

Direktor

CRASH

¡El Capitán Calzoncillos!

El Capitán Calzoncillos quería luchar contra el robot, pero no quería haser daño a la jente que abía dentro.

Y entonces se le ocurrió una idea

Muy pronto, dentro del Superacusón 2000 no quedaba nadie más que Gustabo.

Entonces todo el mundo quedó en lib
¡¡¡Tatata-Chááááán!!!
CÁRSEL DE OMBRES
CÁRSEL DE SEÑORAS
CÁRSEL DE NIÑOS
CÁRSEL DE BEBÉS
CÁRSEL DE PERROS
CÁRSEL DE GATOS
CÁRSEL DE RANAS
Croac
Miau
Guau
GuGu
Yupiiii
UuuuYYY
¡Somos libres y todo!
¡¡FIN!!
Cuentos
CASAENRAMA S.A.

CAPÍTULO 10
LA CÓLERA
DE GUSTAVO

Gustavo hervía de rabia. Rompió la historieta por la mitad y la tiró por encima de su hombro. Luego se lavó las manos en el inodoro y salió de los sanitarios hecho una furia.

—Esta me la pagarán Jorge y Berto —dijo—. ¡Voy a darles una lección que no olvidarán JAMÁS!

Al acabar las clases, Gustavo agarró su Combinotrón 2000 y se marchó a casa.

Cuando entró por la puerta de la calle, su mamá y su papá estaban muy ocupados trabajando juntos para el gobierno en un experimento secreto.

—Hola, hijo —dijo su padre—. ¿Qué tal te ha ido hoy en la escuela?

—¡Terrible! —dijo Gustavo—. En la escuela nadie respeta mi mente prodigiosa. A esos lerdos sin ingenio, tontos mascachicles, les impresionan mucho más las tiras cómicas que las maravillas de la ciencia. ¡Pero les voy a enseñar! ¡Ja ja ja jaaaa! Ya les enseñaré...

—¡Qué bueno eres, querido! —dijo su madre.

Gustavo fue rápidamente a su cuarto dispuesto a construir un nuevo robot superpoderoso. Pero cuando abrió la puerta de su dormitorio, vio a Dardanela, la gata de la familia, dormida plácidamente sobre su cama.

—¡Oye! —gritó Gustavo—. ¿Qué haces en mi cama, gata tonta? ¿No sabes que soy alérgico? Lárgate de a... a... a... ¡achííís! aquí. ¡Y QUÉDATE AHÍ AFUERA!

Al cabo de pocas horas, Gustavo había construido un robot nuevo. Era el más poderoso que jamás había hecho, con tres pares intercambiables de ojos de láser, Piernas Saltatrónicas Macrohidráulicas, Brazos Autónomos Superglobulados y una caja torácica con Pulpo-Pinzas extensibles, todo ello autopropulsado por tres Procesadores Dobles independientes Kung-Fu 9000 SP5-Turbo, de aleación de litio y titanio, integrados en un Endoesqueleto de acero Flexo-Expantónico virtualmente indestructible, capaz de atravesar de un puñetazo bloques de carbón compactado, de aplastar acero con la torsión de sus pinzas y de arrancar de cuajo frases innecesarias escritas sin pies ni cabeza.

También podía cortar rebanadas de pan integral.

—Esto me servirá —dijo Gustavo limpiándose la nariz con un pañuelo desechable—. Ahora lo único que tengo que ha... a... a... ¡achííís!... hacer es combinar mi cuerpo con el de este robot biónico y seré el chico más poderoso que ja... a... a... ¡achííís!... jamás ha existido.

CAPÍTULO 11

GUSTAVO SUEÑA DESPIERTO

Mientras preparaba el Combinotrón 2000 y
hacía todos los ajustes necesarios, Gustavo
fantaseaba sobre su vida como el primer
chico biónico de la Historia. Se imaginaba
entrando en la escuela al día siguiente,
braceando despreocupado y
atravesando la pared de la
clase de un puñetazo.

　　Las chicas se desmayarían de emoción al
oírlo hablar del asombroso mundo de la ciencia. La señora Pichote seguramente le
permitiría sentarse en su mesa, porque los
nuevos glúteos de acero de Gustavo serían tan
imponentes que no cabrían en una silla co-
rriente de niño.

Quizás el señor Carrasquilla invitara al gobernador a visitar la escuela para presumir de su estudiante más listo y más poderoso. Si ocurría eso, el gobernador proclamaría un nuevo día de fiesta, el "Día Nacional de Gustavo Lumbreras", en el que los niños del mundo entero, como homenaje al glorioso nombre de Gustavo, harían más tareas y trabajos que nunca.

Pero lo mejor de todo sería la reacción de Jorge y Berto. Se quedarían tan aterrados ante el tamaño y la fuerza increíbles de Gustavo que se arrodillarían pidiendo clemencia. Y Gustavo les perdonaría sólo a condición de que fueran sus esclavos por toda la eternidad. Tendrían que llevarle los libros, sacarles punta a sus lápices y ser su reposapiés personal durante todas las clases del año.

—La vida... a... a... ¡achííís! ¡será MARAVILLOSA! —exclamó Gustavo.

CAPÍTULO 12

LA NOCHE DE LOS MOCOS VIVIENTES

Gustavo puso en marcha el Combinotrón 2000. Un pitido agudo perforó el aire cuya frecuencia fue aumentando a medida que la máquina se cargaba hasta su máxima potencia.

—¡Uy! —dijo Gustavo mientras giraba un botón y ponía a cero el programa de *Efectos Dramáticos* para no molestar a sus padres.

La máquina siguió cargándose en silencio mientras Gustavo iba introduciendo en ella los cálculos relacionados con la transformación de su ropa y sus lentes. Cuando el extractor de láser se calentó lo suficiente, Gustavo, perfectamente alineado junto a su nuevo robot, se situó frente al Combinotrón 2000.

—De pronto, dos rayos se proyectaron sobre Gustavo y el robot. El Combinotrón 2000 comenzó a asimilar información sobre los dos elementos que se disponía a combinar. Por último, empezó la cuenta atrás:

—Combinando dos elementos dentro de cinco segundos.

Gustavo se mantuvo totalmente inmóvil.

—Combinando dos elementos dentro de cuatro segundos.

La nariz de Gustavo se contrajo.

—Combinando dos elementos dentro de tres segundos.

Gustavo sintió un impulso incontrolable. Puso las manos frente a la boca y la nariz y sus párpados se cerraron con fuerza. —A... a... a...

—Combinando dos elementos dentro de dos segundos.

—¡A...chííís!—. Gustavo se miró las manos,
ahora relucientes de mucosidad y fragmentos
de costras semisecas. Automáticamente el
Combinotrón 2000 se puso a recalcular los
elementos a través de sus visores de láser

—Combinando tres elementos dentro de un segundo.

—¿TRES elementos? —chilló Gustavo horrorizado—. ¿Cu... cu... cuál es el TERCER ELEMENTO?

Los ojos de Gustavo recorrieron velozmente la habitación en busca de algún nuevo elemento que hubiera podido introducirse de modo imprevisto en los visores del extractor de láser.

—¿CUÁL ES EL TERCER ELEMENTO? —volvió a gritar. Y volvió a mirar sus manos pegajosas y goteantes, llenas de mocos.

—¡Ay, cáspita! —dijo Gustavo, mientras lo envolvía un estallido de luz blanca cegadora.

¡CHASSSSS!

CAPÍTULO 13
AL DÍA SIGUIENTE

Al día siguiente, Gustavo no llegó puntualmente a la escuela, pero nadie se dio cuenta porque todos estaban muy entretenidos con las cosas que habían traído de sus casas. La mayoría tenía objetos aburridos como cuadernos, gomas de borrar etc., pero Jorge y Berto tenían algo absolutamente *genial*.

—Todos se acuerdan de Chuli después de lo de ayer, ¿verdad? —dijo Jorge—. Nos lo llevamos para que viviera en la casa del árbol.

—¡Y le enseñamos un número fantástico! —dijo Berto.

Los dos chicos llevaron a Chuli hasta la
ventana del salón de clases y la abrieron.
Berto sacó una sandía enorme de su mochila
y la puso delante de Chuli.

—Muy bien, Chuli —dijo Jorge—.
¡Enséñales a todos tu nuevo número!

Con un rápido movimiento, Chuli puso la
boca en la sandía y, de un solo bocado, la
engulló y se la puso en la mejilla izquierda.
Todos se quedaron estupefactos.

—No, no —dijo Berto—, eso no tiene gra-
cia. ¡Lo interesante viene ahora!

Chuli miró por la ventana y vio un árbol
seco al otro lado del patio de recreo vacío. Se
puso a masticar la sandía y a continuación
frunció sus pequeños labios y escupió.

¡Ratatatatatatatatatatatatatatata!

Las semillas de la sandía salieron disparadas de la boca de Chuli y dieron en el blanco con la precisión de un experto. En un instante, el árbol seco del otro lado del patio quedó reducido a un montón de ramitas y aserrín. Toda la clase prorrumpió en vítores y Jorge y Berto le hicieron caricias a su asombroso amigo biónico.

Jorge y Berto pensaban que nadie podía superar su número, pero se equivocaban. Porque, en aquel preciso momento, Gustavo Lumbreras avanzaba moqueando por el vestíbulo hacia la puerta del salón de clases. Gustavo no traía nada para su numerito de demostración. El numerito ERA el propio Gustavo.

CAPÍTULO 14

CAPÍTULO INNECESARIAMENTE ASQUEROSO

AVISO:

El capítulo que sigue a continuación es terriblemente asquerosillo.

Para evitar espasmos, vómitos en surtidor y otras vergüenzas gastrointestinales, se recomienda dejar de comer al menos una hora antes de leerlo.

(Seguro que no querrán comer después de haberlo leído).

Toda la clase vitoreaba y acariciaba a Chuli cuando la puerta se abrió muy despacio. Un monstruoso engendro de un brillo verdusco entró en el salón de clases y el aire se llenó del estrépito de chirriantes piezas metálicas mezclado con reventones de viscosas y húmedas burbujas. Algunas niñas chillaron. Algunos niños también.

—¿Pero cómo pueden ser *tan* inmaduros? —dijo la horrible visión.

Los chicos reconocieron de inmediato a la terrorífica criatura que tenían delante.

—¿¡¡¿GUSTAVO?!!? —exclamaron.

—Sí, soy yo —gorgoteó iracundo el viscoso y vacilante monstruo.

De sus ojos y su nariz goteaba una mucosidad tibia, verdosa y espesa. Sus brazos de robot parecían rebozados en grandes grumos de moco nítidos y relucientes. Y cuando se dispuso a cerrar la puerta de la clase, parte de una mano se le quedó pegada a la perilla y la viscosidad empezó a colarse lentamente puerta abajo, dejando un húmedo rastro de mucosidad pegajosa.

Gustavo chapoteó y chapaleó al dirigirse dando tumbos hacia su silla. Cada uno de sus pegajosos pasos cubría el suelo de un rastro de baba espumeante y todo lo que tocaba se empapaba de una flema como un jarabe caliente y lleno de burbujas.

Cuando al fin se sentó, abundantes dosis de moco amarillento y natilloso resbalaron por la silla y formaron a sus pies charcos de

cremosa gelatina. Los charcos eran ligeramente translúcidos y estaban salpicados de brillantes y gruesos pelos de nariz y coágulos sanguinolentos que...

—¡*YA BASTA!* —le chilló Jorge al narrador—. ¡Basta ya de descripciones...! ¡Nos vas a hacer vomitar a todos!

—Gracias, Jorge —dijo la señora Pichote—. A ver, Gustavo, ¿por qué no nos cuentas lo que te ha ocurrido?

—Pues anoche —dijo Gustavo— intenté combinarme con un robot biónico, pero estornudé sin querer en el último segundo.

—¿De modo que te has combinado con un robot... y con *mocos*? —preguntó Jorge.

—Pues sí —dijo Gustavo—. Pero no se preocupen porque estoy construyendo un Separatrón 1000 que invertirá los efectos y volverá a convertirme en niño. Sólo tardaré seis meses en terminarlo.

—¿Seis *MESES*? —dijo Berto.

—Es que la separación celular es un proceso muy complejo —dijo Gustavo—. No es como construir un robot normal. ¡Lleva su tiempo!

—Deberías ver qué pasa si sacas las pilas de ese Combino-chisme y se las pones otra vez al revés —sugirió Jorge—. A lo mejor eso invierte los efectos.

Gustavo puso en blanco sus ojos infrarrojos cubiertos de costras burbujosas.

—¡Nunca había oído algo tan tonto en toda mi vida! —gorgoteó.

CAPÍTULO 15
EL NUEVO GUSTAVO

Quizás ustedes piensen que convertirse en un Niño Mocobiónico es lo peor que le puede pasar a un chico, pero no todo es malo. Lo crean o no, en realidad ser torpe y pegajoso tiene su lado positivo. Por ejemplo, Gustavo ganaba todos los partidos de fútbol ameri-cano que jugaba... porque nadie se atrevía a embestirlo.

Y cuando sacaba en voleibol, nadie se
atrevía a devolver la pelota al otro campo.

Además de ser la nueva estrella deportiva de la escuela, Gustavo gozaba también de otras ventajas. Ya no tenía que ponerse a la cola para beber en el surtidor de agua potable. Ahora tenía su surtidor *personal* porque... bueno, ¿acaso beberían *ustedes* de un surtidor después de haberlo enmoquecido de arriba abajo un Niño Mocobiónico?

Ya me imaginaba que no.

Toda la atención especial que suscitaba
Gustavo ponía un poco celosos a los demás
niños. Pero no a Jorge ni a Berto. Si tenemos
en cuenta la cantidad de infames desalmados
que Jorge y Berto habían combatido durante
todo aquel año, ambos se sentían más bien
aliviados al ver que Gustavo no se había convertido en una bestia gigantesca y terrorífica
dispuesta a destruir el mundo.

—Podía haber sido MUCHÍSIMO peor
—decía Berto—. Por lo menos Gustavo no es
un infame desalmado, gigantesco y terrorífico.

—Pues sí, tienes razón —dijo Jorge—. Y
no se me ocurre nada que pueda convertir a
Gustavo en un infame desalmado, gigantesco
y terrorífico...

CAPÍTULO 16
LA ÉPOCA DE LOS RESFRIADOS

Pronto llegó el otoño, y la nueva estación trajo muchos cambios: aire frío y seco, madrugadas de escarcha y hojas de colores vivos en los árboles. Pero con la belleza del otoño, llegó otro cambio menos bienvenido: *la época de los resfriados y los catarros.*

En todas las clases de la Escuela Primaria Jerónimo Chumillas se enfermaban más alumnos cada día. Los pasillos se llenaron de narices destilantes, de bocas estornudantes y de cuerpos dolientes.

Y, por desgracia, una de esas narices, una de esas bocas y uno de esos cuerpos pertenecían a Gustavo Lumbreras.

Cada vez que Gustavo estornudaba, su boca disparaba miles de gotitas que cubrían

el pizarrón con una capa grumosa y
reluciente de mocos como una tapioca de
color verde amarillento.

—Gustavo, querido, no olvides taparte la
boca —decía la señora Pichote.

—Ay, lo siento —decía Gustavo—. Perdón.
Y se tapaba la boca con la mano y volvía
a estornudar. Hasta que un día, la explosión
del aire retenido en su nariz fue tal que los
enormes grumos húmedos que salieron de
su cuerpo salpicaron a la clase entera.

Fue como si alguien hubiera hecho explotar un petardo gigantesco dentro de un cubo lleno de pintura verde. La suciedad calentita y maloliente se pegó al pelo de la gente, embadurnó su ropa y empapó cada centímetro cuadrado de la habitación.

—Pensándolo mejor, Gustavo —dijo la señora Pichote—, *no* te tapes la boca la próxima vez. Y ahora, ¿quién quiere una galletita?

CAPÍTULO 17
LA EXCURSIÓN

Por alguna extraña razón, al día siguiente, la señora Pichote no fue a la escuela porque tenía catarro. El señor Carrasquilla la sustituyó en clase y, como de costumbre, estaba de muy mal humor.

—¿Se puede saber qué *diablos* pasa aquí? —aulló—. ¿A qué vienen tantos impermeables y paraguas?

Entonces Gustavo estornudó.

Un poco más tarde, el señor Carrasquilla
volvió al salón de clases vestido con ropa
limpia y con un impermeable y un paraguas.

—Muy bien, muchachos —vociferó—,
hoy es Día de Excursión. La señorita
Antipárrez y yo vamos a llevarlos a todos a la
fábrica de pañuelos de celulosa Hermanos
Candelazas para ver cómo se hacen esos
harapos para sonarse.

La palabra "pañuelos" le hizo dar un
brinco a Gustavo.

—¡NO! —gritó lleno de pánico—. ¡MÍ NO
GUSTAR PAÑUELOS!

Un silencio sobrecogedor se apoderó del salón de clases. Todos miraron a Gustavo, estupefactos.

—¿Es Gustavo el que acaba de decir *mí no gustar pañuelos?* —preguntó Berto.

—Pues sí —dijo Jorge—. Nunca lo había oído equivocarse en un pronombre personal. ¿Quién se creerá que es? *¿Frankenstein?*

CAPÍTULO 18
ESTO SE PONE FEO

Poco después, estaban en una fábrica maloliente, escuchando cómo se transforma un
árbol en un pañuelo desechable... o algo así.
Gustavo Lumbreras parecía aterrorizado. Su
cuerpo temblaba a medida que el guía los
llevaba por los corredores.

Por fin, la visita terminó en la tienda de
regalos, donde el señor Candelazas, director
de la fábrica, les tenía preparada una sorpresa.

—Detrás de esta cortina roja con lunares
negros hay regalos para ustedes —dijo el
señor Candelazas. Descorrió la cortina y
aparecieron montones de cajas de pañuelos
desechables—. Tómenlas. Hay suficientes
para todos.

—¡NOOOOO! —chilló Gustavo—. ¡MÍ NO
GUSTAR PAÑUELOS!

—Qué bobada —dijo el señor Candelazas—. A todo el mundo le encantan los pañuelos desechables. Y los nuestros son superabsorbentes. ¡Los mejores para limpiar toda clase de flemas y mucosidades!

—¡NOOOOO! —volvió a chillar Gustavo—. ¡PAÑUELOS SER *MALA* MAGIA!

—Tonterías —se rió el señor Candelazas, lanzándole a Gustavo unos paquetitos. Ahí van, jovencito. ¡Que los disfrutes!

Los paquetes de pañuelos volaron por el aire y se quedaron adheridos a la espalda de Gustavo. Gustavo dio un alarido. En sus ojos empezó a brillar una luz verde y empezó a darse furiosos puñetazos en el pecho. Sus hombros empezaron a inflarse. Su pecho se ensanchó. El acero Flexo-Expantónico del Endoesqueleto de Gustavo se flexionó y se expandió. Su cuello y su cabeza aumentaron de tamaño y todo su cuerpo alcanzó una altura de más de cuatro metros.

Gustavo agarró los paquetes con sus
enormes dedos goteantes y los arrojó al suelo.

—¡NO HACERME ENOJAR! —amenazó—.
¡NO GUSTA CUANDO MÍ ENOJAR!

—Vaya —dijo el señor Candelazas—. Se te
han caído al suelo los pañuelos, jovencito.
¡Aquí tienes unos cuantos más!

Y el señor Candelazas agarró otros dos
puñados bien grandes de paquetes de pañuelos
y se los lanzó a Gustavo.

CAPÍTULO 19
ESTO SE PONE FEÍSIMO

Gustavo se puso a dar frenéticas palmadas sobre los paquetes de pañuelos pegados a su caja torácica. Empezó a dar patadotas y a sacudirse violentamente, al tiempo que su corpachón triplicaba su tamaño. Y mientras pateaba y golpeaba las paredes, Gustavo emitió un grito aterrador.

—No es necesario gritar, jovencito —dijo
el señor Candelazas—. Toma... ¡Aquí tienes
más pañuelos para secar esas lágrimas!

Y le lanzó a Gustavo unos cuantos
paquetes de pañuelos más. (Supongo que a
estas horas ya habrán notado que el señor
Candelazas no poseía lo que podríamos
llamar una inteligencia privilegiada).

Lo que ocurrió después sólo
podría describirse como un caos total. El
cuerpo de Gustavo triplicó su tamaño una
vez más. Para entonces, rugía, daba patadas y
derribaba máquinas descomunales mientras
los niños chillaban y huían a la carrera.

El señor Candelazas pensó que unos pocos pañuelos más podrían serle útiles a Gustavo. Pero antes de que pudiera lanzarle uno solo, una gota de mucosidad que hubiera llenado una bañera se desprendió de la enorme nariz de Gustavo y cayó sobre el señor Candelazas dejándolo pegado al suelo.

Jorge y Berto se ocultaron detrás de la
cortina roja con lunares negros, al tiempo
que Gustavo atravesaba el tejado de la fábrica, destrozándolo. Ensordecedores rugidos
surgían de su inmensa bocaza babeante
mientras derribaba los muros de la fábrica y
arrojaba al estacionamiento la maquinaria
pesada. El señor Carrasquilla y la señorita
Antipárrez hacían todo lo posible para con-
trolar la situación, pero la suerte no parecía
acompañarles.

—¡Oye, jovenzuelo! —aullaba el señor
Carrasquilla—. ¡Ya me estoy hartando de ti y
de tus bromitas!

—¡Vas a pasarte la tarde entera en detención si no te quedas quieto de una vez, jovencito! —chillaba la señorita Antipárrez.

De pronto, Gustavo se agachó y apresó a la señorita Antipárrez en su gigantesco puño metálico.

—¡SOCORRO! —gritó la señorita Antipárrez—. ¡QUE ALGUIEN ME AYUDE!

—Esteee.... —dijo nervioso el señor Carrasquilla—. Ahora... ¡Ahora mismo voy a buscar ayuda!

El señor Carrasquilla se escondió detrás de la misma cortina roja con lunares negros donde se ocultaban Jorge y Berto.

—Creí que iba a buscar ayuda —dijo Berto.

—Sí... luego —dijo el señor Carrasquilla.

—Creo que sólo hay una persona que puede ayudar a la señorita Antipárrez —dijo Jorge.

—¿Quién? —preguntó el señor Carrasquilla.

CAPÍTULO 20

EL CAPITÁN CALZONCILLOS, ¿QUIÉN SI NO?

A pesar de que la idea no les atraía lo más mínimo, Jorge y Berto decidieron que había llegado el momento de enviar al Capitán Calzoncillos a salvar la situación.

Jorge chasqueó los dedos. De pronto, el pánico que estaba sufriendo el señor Carrasquilla desapareció sin dejar rastro.

Una sonrisa bobalicona y fanática se le dibujó en la cara de oreja a oreja. Se levantó de un salto y se arrancó la ropa y el peluquín. La transformación del señor Carrasquilla en Capitán Calzoncillos era casi completa. Sólo le faltaba la capa.

—Vaya —dijo—, ojalá encontrara una cortina roja con lunares negros.

—¡Oigan! —dijo Jorge apuntando a la cortina roja con lunares negros—. ¡Aquí hay una cortina roja con lunares negros!

—Qué coincidencia tan notable e inesperada —dijo el Capitán Calzoncillos, apoderándose de la argucia argumental más descarada que se haya inventado nunca y anudándosela al cuello.

Para entonces, Gustavo había salido
de la fábrica y se había abierto camino hasta
el centro de la ciudad, dejando una estela de
destrucción. El Capitán Calzoncillos siguió el
rastro hasta que se encontró cara a cara con
el tiparraco mocobiónico.

—¡En nombre de la Verdad, de la Justicia
y de todo lo que es de algodón inencogible
—dijo el Capitán Calzoncillos—, ordeno que
te detengas!

Pero Gustavo no lo escuchaba.

El Capitán Calzoncillos no iba a tener
más remedio que luchar contra el terrible
engendro, pero primero tenía que salvar a la
señorita Antipárrez. Voló raudo hasta Carníbal,
la agarró de las manos y tiró con fuerza. La
flema que cubría el enorme puño era espesa
y muy pegajosa, pero los Superpoderes
Superelásticos eran más poderosos.

El Capitán Calzoncillos tiró y tiró hasta
que, con un ruido húmedo, sonoro y repelente, la señorita Antipárrez quedó liberada
del todo. (Nota: Si quieren, pueden emitir el
ruido húmedo, sonoro y repelente que más
les guste para subrayar la intensidad dra-
mática de este emocionante párrafo).

—¡Estoy libre! —gritó la señorita
Antipárrez—. ¡Vámonos de aquí a toda
velocidad!

Pero, de repente, el Niño Mocobiónico agarró al Capitán Calzoncillos por la capa con toda la fuerza de sus dedos robóticos.

—¡CARAMBA! —gritó el Capitán Calzoncillos—. ¡Me ha atrapado la capa!

—¡Pues deshaga el nudo! —chilló la señorita Antipárrez—. ¡VÁMONOS!

—¡Es que no puedo luchar contra el crimen sin mi capa! —gritó el Capitán Calzoncillos.

—¡OLVÍDESE DE SU *ESTÚPIDA* CAPA! —bramó Carníbal—. ¡Limítese a salvarme!

CAPÍTULO 21

UNA DE DOS, O CARNÍBAL O LA CAPITA

Como todo el mundo sabe, no hay superhéroe completo sin su capita. O sea que, sin
una capa, un superhéroe es sólo un tipo que
va por ahí en ropa interior de fantasía (o de
total falta de fantasía, como en este caso).
Pero el Capitán Calzoncillos sabía cuál era su
deber. Utilizando su mano libre, desanudó
valerosamente su capa y sacrificó con genero-
sidad su integridad estética para salvar la vida
de una simple mortal.

El Capitán Calzoncillos y la señorita
Antipárrez eran ya libres, pero no estaban a
salvo todavía. El Niño Mocobiónico lanzó con
toda su fuerza un manotazo contra nuestro
héroe. El Capitán Calzoncillos voló en zigzag,
esquivando los puños furibundos, frenéticos
y flemosos de Gustavo mientras buscaba un
lugar seguro para aterrizar.

De pronto, la Supervista Algodonámica 100% del Capitán Calzoncillos localizó a Jorge y a Berto a varios kilómetros de distancia y voló a reunirse con los dos chicos.

—¡Jorge y Berto! —dijo el Capitán Calzoncillos—. ¡Tienen que cuidar a esta mujer mientras destruyo a esa bola de mocos robótica!

—Muy bien —dijo Berto—, pero date prisa... ¡que ahí viene!

—¡Espere! —chilló la señorita
Antipárrez—. To... todavía no he podido darle
las gracias.

Y se volvió y abrazó amorosamente al
Capitán Calzoncillos cubriéndole la cara con
un besuqueo babosillo y pegajoso.

—¡Gracias! ¡Gracias! ¡Gracias! —decía
entre baboseo y baboseo.

—¡Puaj! —dijo Berto.

—Espero que no nos dé las gracias a nosotros —dijo Jorge.

Cuando la señorita Antipárrez terminó de babosear toda la cara del Capitán Calzoncillos, le dio un nuevo abrazo para desearle suerte.

—Y ahora, atrapa a la bestia, tigre mío —dijo coqueta.

Pero el Capitán Calzoncillos no se inmutó. Se quedó allí, inmóvil, con la mirada perdida.

Desde lejos, Jorge y Berto oyeron que el Niño Mocobiónico iba aproximándose. El retumbar de cada paso acercaba a la horrible bestia más y más, hasta que al fin se alzó ante ellos, resollando con fuerza y moqueando profusamente.

La señorita Antipárrez dio un grito y salió corriendo.

—¡Rápido, Capitán Calzoncillos! —gritó
Berto—. ¡HAGA ALGO!

—¡Eso! —gritó Jorge—. ¡PATADA EN EL
TRASERO! ¡PATADA EN EL TRASERO!

Pero el Capitán Calzoncillos no se movía.
No luchaba. No volaba. No daba patadas en
ningún trasero. De hecho, lo único que estaba haciendo era enojarse mucho, muchísimo.

—¿Qué carámbanos está pasando aquí,
jovenzuelos? —aulló—. ¿Y qué estoy haciendo aquí yo en ropa interior?

A Jorge y Berto no les gustó cómo sonaba
eso.

CAPÍTULO 22

CARRASQUILLA ATACA DE NUEVO

Si leyeron la tira cómica que hay al principio de este libro, ya saben lo que pasa cuando al Capitán Calzoncillos le cae agua en la cabeza. Desgraciadamente, el besuqueo húmedo y baboso de la señorita Antipárrez había producido el mismo efecto.

El Capitán Calzoncillos se había vuelto a convertir en el señor Carrasquilla... ¡y ahora estaba a punto de convertirse en *almuerzo*!

Enseguida, Jorge y Berto se pusieron a chascar los dedos frenéticamente.

¡CHASC! ¡CHASC! ¡CHASC! ¡CHASC! ¡CHASC!

Chascaron los dedos una y otra vez. Pero la cara del señor Carrasquilla estaba aún pringosa y húmeda de jugo de baba besucona, así que los chasquidos no hicieron el menor efecto.

El descomunal Niño Mocobiónico intro-
dujo al señor Carrasquilla en su viscosa
bocaza y se lo tragó enterito...

y luego se lanzó sobre Jorge y Berto.

—¡SOCORRO! —gritó Jorge.

—¡ESTAMOS PERDIDOS! —gritó Berto.

CAPÍTULO 23
CHULI AL RESCATE

Lejos, en otro punto de la ciudad, un pequeño y valeroso hámster con oído biónico escuchó los gritos aterrorizados de sus dos mejores amigos. Chuli saltó de su rueda de ejercicios y rompió de un solo golpe su jaula de plástico.

Entonces, de un poderoso salto, salió disparado por la ventana de la casa del árbol de Jorge y Berto.

En aquel preciso instante, Gustavo estaba balanceando a Jorge y Berto sobre su enorme bocaza.

—¡JUA, JUA, JUA! —rió el Niño Mocobiónico—. ¡MÍ ATRAPARLOS AL FIN!

—Bueno, adiós, Berto —dijo Jorge.

—Hasta luego, compadre —dijo Berto—. Fue divertido mientras duró.

Por fin, Gustavo soltó a Jorge y Berto. Los dos chicos dieron un grito mientras caían de cabeza en las húmedas fauces abiertas del...

¡ZUISSSSSSSSSSSSSSSSSSS!

La siguiente sensación que tuvieron Jorge y Berto fue que volaban a una velocidad increíble. Todo parecía borroso a su alrededor excepto la imagen de su amigo, el pequeño Chuli, que los había arrebatado de las babosas fauces de la muerte en el último segundo.

—¡Qué gran tipo! —gritó Jorge.

—¡Hurra por Chuli! —gritó Berto.

Chuli depositó a Jorge y Berto en la azotea de un edificio lejano y regresó al teatro de operaciones. Arrancó unas cuantas voluminosas muestras publicitarias de los tejados de algunos almacenes y se dispuso a enfrentarse a su enemigo mortal.

EL HOGAR DE LOS BASTONES

EL PALACIO DEL GUANTAZO

EL PARAÍSO LAS DENTADUR

CAPÍTULO 24

CAPÍTULO DE INCREÍBLE VIOLENCIA GRÁFICA, 2ᴬ PARTE (EN FLIPORAMA™)

ADVERTENCIA:

Las escenas que se ofrecen a continuación se desarrollaron en calles deshabitadas y fueron protagonizadas por un hámster profesional debidamente entrenado. Para evitar lesiones, se ruega no arrancar objetos publicitarios voluminosos de los tejados de los almacenes y no golpear con ellos a ningún monstruo gigantesco.

FLIPORAMA 2

(páginas 147 y 149)

Acuérdense de agitar *sólo* la página 147.
Mientras lo hacen, asegúrense de que
pueden ver la ilustración de la página
147 *y* también la de la página 149.
Si lo hacen deprisa, las dos
ilustraciones empezarán a parecer
una sola imagen *animada*.

¡No se olviden de añadir
sus propios efectos sonoros especiales!

AQUÍ MANO IZQUIERDA

CHULI MANEJA EL BASTÓN CON ESTILO Y PERFECCIÓN

147

CHULI MANEJA EL BASTÓN CON ESTILO Y PERFECCIÓN

FLIPORAMA 3

(páginas 151 y 153)

Acúerdense de agitar *sólo* la página 151.
Mientras lo hacen, asegúrense de que pueden
ver la ilustración de la página 151
y también la de la página 153.
Si lo hacen deprisa, las dos ilustraciones
empezarán a parecer *una sola*
imagen *animada*.

¡No se olviden de añadir
sus propios efectos sonoros especiales!

AQUÍ MANO IZQUIERDA

GUANTAZO AL ESTERNÓN DIGNO DE UN CAMPEÓN

AQUÍ
PULGAR
DERECHO

AQUÍ
ÍNDICE
DERECHO

GUANTAZO AL ESTERNÓN DIGNO DE UN CAMPEÓN

FLIPORAMA 4

(páginas 155 y 157)

Acuérdense de agitar *sólo* la página 155.
Mientras lo hacen, asegúrense de que pueden
ver la ilustración de la página 155
y también la de la página 157.
Si lo hacen deprisa, las dos ilustraciones
empezarán a parecer *una sola*
imagen *animada*.

¡No se olviden de añadir sus propios efectos
sonoros especiales!

AQUÍ MANO IZQUIERDA

DENTELLADA
FINAL

155

AQUÍ
PULGAR
DERECHO

AQUÍ
ÍNDICE
DERECHO

DENTELLADA
FINAL

CAPÍTULO 25

CÓMO INVERTIR DE FORMA SENCILLA LOS EFECTOS DE UN COMBINOTRÓN 2000

El Niño Mocobiónico había sido derrotado. Se derrumbó inconsciente formando un gigantesco montón de moco que se extendió sobre varias cuadras de la ciudad (y casi cuatro páginas del libro) y los periodistas rodearon su enorme cuerpo moqueante.

Al poco rato, se presentaron la madre y el padre de Gustavo con el Combinotrón 2000.

—Vimos en las noticias por televisión lo que ocurría —dijeron— y queremos decirle al mundo que vamos a crear una nueva máquina capaz de invertir el proceso que convirtió a nuestro hijo en semejante monstruo. ¡Si trabajamos juntos, la tendremos lista en sólo unos meses!

—¿Pero por qué no le quitan ustedes las pilas a ese *Combino-chisme* y se las vuelven a colocar al revés? —dijo Jorge—. ¿No invertiría eso los efectos de la máquina?

—Vaya —se rió el padre de Gustavo—. Está claro que ignoras totalmente lo que es la ciencia, jovencito. No puedes esperar invertir los efectos de un moleculizador celular de alta complejidad como el Combinotrón 2000 sólo con un cambio en la posición de las pilas. Ese tipo de cosas sólo sucede en los odiosos libros infantiles.

—Sí —dijo Jorge algo cohibido—, pero... ¿por qué no prueba de todos modos?

—De acuerdo —dijo el señor Lumbreras, poniendo los ojos en blanco y con una sonrisa de suficiencia. En seguida dio la vuelta a las pilas y puso en marcha la máquina—. Pero que conste, chicos —continuó diciendo—, que lo hago sólo para demostrarles que esto no va a funcionar. De ninguna manera. Ni soñando. Y cualquiera que piense lo contrario es un perfecto idiota. Va contra las leyes más elementales de la lógica y de la ciencia.

Y apuntó a su hijo con el Combinotrón 2000 recién modificado y disparó.

CAPÍTULO 26
¡CHASSSSS!

Se produjo una explosión terrorífica. El Niño
Mocobiónico estalló en tres enormes plastas
de moco pegajoso y metales retorcidos que se
estrellaron contra tres edificios vecinos y se
quedaron adheridas a ellos. En el centro de la
explosión, rodeados de humo, estaban
Gustavo y el señor Carrasquilla.

—¿Quién lo hubiera pensado? —dijo el
señor Lumbreras—. Mi idea ha funcionado.

Jorge y Berto pusieron los ojos en blanco.

—Ahora, apártense, pequeños —dijo la

señora Lumbreras, y los dos científicos se
dirigieron a los periodistas para explicarles
en qué consistía el brillante y decisivo avance
científico que acababan de lograr.

Pero cuando el humo empezó a disiparse en torno al señor Carrasquilla y a Gustavo, quedó claro que no habían vuelto a ser del todo normales. Por lo visto, el Combinotrón 2000 recién modificado había combinado uno con otro, a Gustavo y al señor Carrasquilla.

—No se preocupen —dijo el señor
Lumbreras a los periodistas—. No tengo más
que volver a soltarles otra descarga y todo
quedará como es debido.

Volvió a poner en marcha el Combinotrón
2000 y se dispuso a disparar.

—Espero que esto separe sus cuerpos
—dijo Jorge.

—Yo también —dijo Berto.

¡CHASSSSS!

CAPÍTULO 27

EN RESUMIDAS CUENTAS

Así fue.

CAPÍTULO 28
FINAL FELIZ

—¿Sabes una cosa? —dijo Jorge—. Esta es la primera vez que uno de nuestros libros tiene de verdad un final feliz.

—Tienes razón —dijo Berto—. Cuando terminan, yo siempre salgo gritando "¡AY, MADRE!" y tú sales gritando "¡Ya estamos otra vez!", pero esta vez me parece que hemos tenido suerte.

—No sé a qué viene eso de suerte —dijo el señor Carrasquilla—. Ha sido MI invento lo que ha salvado el mundo. ¿Pero cómo pueden ser *tan* inmaduros?

—¿Cómooo? —dijo Jorge.

—¡Quiero verlos en mi despacho AHORA
MISMO, jovenzuelos! —chilló Gustavo—.
¡Los voy a castigar de tal modo que sus *hijos*
nacerán con detenciones pendientes!

—¿Quééé? —dijo Berto.

De pronto, una Pinza Pulpo extensible
surgió de una de las tres grandes plastas de
moco. Arrebató el Combinotrón 2000 de las
manos del señor Lumbreras y lo hizo añicos
contra el suelo. El señor y la señora
Lumbreras salieron corriendo y gritando,
mientras las tres tremebundas masas
mucosas se reanimaban.

Empezaron a resbalarse lentamente por
los muros de los edificios, autopropulsándose
con un Procesador Doble Kung-Fu 9000
SP5-Turbo de aleación de Titanio y Litio.

A medida que los grandes amasijos de moco babeante se iban acercando, les empezaron a brotar una especie de globos oculares metálicos y unas extremidades robóticas.

Y de repente, los tres Ridículos
Mocorobots se abalanzaron sobre Jorge, Berto,
Chuli, el señor Carrasquilla y Gustavo...

y empezó la persecución.

—¡AY, MADRE! —gritó Jorge.

—¡Ya estamos otra vez! —gritó Berto.

¡¡¡MÁS MUCOSIDAD!!!

**Averigüen si Jorge, Berto
y el resto de la banda consiguen
escapar de los Mocorobots
en la 2ª parte de esta aventura:**

**Juega con el Niño Mocobiónico
(el *Bionic Booger Boy*) en la página
en inglés www.pilkey.com**